KB106824

아름다운 추억의 에세이

난 그냥~
고맙고 그리울 뿐이고
Forever

주 계 성
(KSJOO)

신세림출판사

난 그냥~
고맙고 그리울 뿐이고
Forever

주 계 성

차례 | 주계성 에세이

1

3

4

5

머리말

Baby boomer 1년차(1955년생)로서 막상 정년퇴직을 하려니 직장생활 지난 28년간의 생활이 어느새 흘렀는지 실감이 나질 않는다.

지금 이순간에도 마음은 젊고 열정을 가지고 일을 할 수 있다고 생각되지만 이제 순리에 따라 흘러가야 한다.

평범한 은행원 생활로서 인생 황금기를 다 보내고 은퇴 후 새로운 삶으로의 시작을 앞두고 있지만 뭔가 허전한 느낌이 다가와 이런저런 생각으로 머릿속 여행을 하다가 문득 이런 생각이 떠올랐다.

그렇지, 지난 은행원 시절 내가 접한 수많은 고객들중에 기억속에 남아있는 추억의 고객과 고마웠던 고객의 이야기를 글로써 표현해 보는 것이 좋을 것 같다는 생각이 났다.

그래서 곧바로 책상에 앉아 머릿속 기억을 더듬고 그동안의 MEMO를 정리하며 PEN을 잡아 쓰기 시작했다.

써내려가는 도중 많은 망설임이 있었지만 지난 시절을 기억하며 한줄한줄 써 내려가면서 많은 즐거움을 느낄수 있었고 고객에 대한 고맙고 감사한 마음은 한층 더해 가는 것 같았다. 정말 고마우신 분들이었다.

이 글 25편을 쓰며 고맙고 감사한 분들을 실명으로 밝히지 못함을 너그럽게 이해해 주시길 바라며 이제 은퇴를 앞두고 삶의 터전이었고 추억이 많았던 KEB 외환은행과 함께했던 동료직원들에게 감사하며, 제 마음속에 있는 추억의 고객에게 고마움을 조금이나마 표시한 것 같아 한결 가볍다.

출판이 되도록 도와주신 분과 다시한번 고객여러분께 진심으로 머리숙여 감사의 말씀을 드리고 싶다.

고맙습니다.

2011. 4.

KEB 외환은행 퇴직을 앞두고

주 계 성

1

위기에 도움주신 고객님

미안하고 고마웠던 아주머니

C&H 신차장님

성호경을 긋는 할머니

후덕하신 짠물 회장님 내외분

위기에 도움주신 고객님

제가 신입행원시절 지방영업점에서 출납업무를 담당하고 있을 때였다.

그 당시에 출납창구는 유리 칸막이가 되어 있고 수납과 지불창구가 분리되어 있었는데 월말이라서 몹시도 현금이 많이 거래되는 분주한 날 마감시간이었던 것으로 기억된다.

거래선 고객중에 보험회사가 있었는데 매월 말일쯤엔 서울 본사로 수납자금을 송금하게 되어 많은 현금이 창구로 들어왔다. 현금 다발을 확인하느라 책상위며 창구가득 쌓아놓고 현금 카운팅을 하고 있던중 고개를 잠깐 들었는데 앞에 있는 거래선 여직원이 5,000원권 한 다발을 가지고 있어 그돈 어디 있던 거냐고 물으니 옆에 있던 남자 고객님이 왈 '그 돈 창구 안에 있던 돈인데요' 라고 말하는 것이 아닌가!

순간적으로 아차하는 생각이 들며 온몸에 식은땀이 나는 것 같았다.

그 당시에는 급여가 20여만 원정도라 하마터면 2~3개월분 급여를 잃어버릴뻔 했던 기억이 은행생활하면서 많은 도움이 되었던 것 같다.

이제 은행 문턱을 나서려니 그때 신입행원 시절의 위기에 옆에서 도움을 주신 익명의 고객이 생각난다.

늘 건강하시고 아름다운 삶을 살고 계시리라 생각되며 감사함을 전합니다.

고맙습니다.

미안하고 고마웠던 아주머니

• • •

여느해 추석명절처럼 무척 바쁜 추석연휴전 업무시간이었던 것 같다.

넓은 객장에 추석명절 자금을 인출하려는 많은 손님들로 붐비고 정신없이 바쁜 날로 기억된다.

그당시에는 현재처럼 IBM 컴퓨터가 아니고 NCR 컴퓨터로써 업무처리 단계가 빠르지 못하고 처리속도가 느리며 결재단계도 2선이었다. 쌓이는 통장 때문에 앞뒤가 뒤섞인 경우도 있고 처리해야 할 일이 너무 많아 혼잡하기 이를데 없었다.

제가 후선에서 서무계 업무를 담당하며 창구업무를 도와주고 있을 때 아기를 업은 아주머니 한 분이 내게 다가

와 고향에 내려가는 차시간 때문에 자기 것을 좀 빨리 처리해 주기를 요청하셨다. 사정이 딱해 보여 이름을 확인하고 다른 고객들에게 피해되지 않도록 통장이 어느곳에 있는지 찾아보기로 했다. 가까스로 통장을 발견하고 처리해 드렸다.

잠시후 아주머니께서는 밖으로 나가시더니 박카스 한 박스를 사가지고 오셨다. 그리고는 맑은 미소를 지으시며 정말로 고맙다고 하시는 것이 아닌가! 아마 고향가는 차

시간은 괜찮은 것 같았다.

나는 은행원으로서 빨리 처리해 드리지 못한 것이 미안하고 거래의 고마움을 표하고 싶은데 오히려 바쁘게 일하는 저희를 배려해 주시는 것같아 고마웠고 이해심 많았던 아주머니로 기억에 남는다.

지금쯤은 등에 업고 있었던 아기가 어른이 되었을 것으로 생각된다.

아주머니, 늘 행복한 가정 가지시고 건강하시기를 기원합니다.

고맙습니다.

C & H 신차장님

은행생활하면서 감독기관의 감사를 받는 일 만큼 스트레스 받고 긴장된 시간은 없었던 것 같다. 관세환급업무를 담당하면서 관세청 관세환급업무 감사를 받았을 때의 기억이 난다.

감사 마지막날까지 긴장하고 있을 때 C&H 관세환급 담당자를 불러달라고하여 뭔가 문제가 발견된 느낌이 들어 내심 불안하였다.

평소 업무처리하면서 내 기억으로는 관세환급 조견표 작성을 너무 깔끔하고 보기좋게 작성하여 큰 문제는 없었다. 담당자가 감사관을 면담하고 한참만에 나왔다.

그직원 왈 "감사관이 뭐라고 그랬는지 아느냐."고 나에게 물었다.

“뭐라고 그랬어?” 내가 되물었다.

‘업무처리를 이렇게 잘 처리하는 직원은 감사다니면서 처음 봤다.’며 칭찬하고 고맙다고 하더란다.

내가 다른 지점으로 전출되어가고 일간신문 경제기사를 읽던 중 사진과 함께 신차장이 난 기사를 읽고 축하 전화 통화후 안부를 주고 받은 적이 있다.

지금쯤 어디선가 잘 살고 계실 것으로 생각되며 늘 건강하고 행복하시길 바랍니다.

고맙습니다.

성호경을 긋는 할머니

어느날 지점장께서 호출이 있어 지점장실에 들어가니 할머니 한 분과 같이 앉아계셨다. 허름한 차림의 할머니께서 지점장과 중요치 않은 일로 시간을 끌고 있어 내가 밖으로 나가자고 하니까 지점장 왈 "가만히 있으라."고 그러시며 앞으로는 나보고 관리하라고 말씀하신다.

연로하시고 기억이 없어서 일정한 금액만을 거래하시고 일반적금을 불입하시고 며칠후 해지하시고 하며 은행에 도움은 없이 어쩌면 귀찮은 고객일 수도 있지만 그래도 인내를 가지고 오실 때마다 시간내서 상담하고 업무를 처리해 드렸다.

은행에 오실 때마다 젊은 시절 미국에 계실 때 party에서 피아노 잘 쳤던 할머니의 추억을 되풀이 해서 말씀하시고 바나나킥(과자)을 사가지고 오셔서 직원들 주라고 하시던 할머니, 가실 때는 성당에 가신다고 1,000원권 신권을 바꾸어 가시던 할머니, 나가실 때는 내손을 잡고 정문까지 나가서 은행을 향하여 성호경을 그으면서 기도를 하시곤 하셨다. 그리고 성당에 가서 기도해 주시겠다며 내 이름을 꼭 적어 가시곤 했다.

그당시 많이 연로하셨는데 지금도 성당에 다니실 기력은 있으신지?

기도해 주셔서 감사합니다.

후덕하신 짠물 회장님 내외분

평소 좋은 고객으로 정평이 나있으시고 어느해인가 당행 개인고객 대표로 선정되신 김회장님 내외분.

그날은 사모님 혼자서 내점하여 응접실에서 차 한잔 하며 담소를 하였다.

전날 신년을 맞아 은행 개인고객 대표로 전국 부점장 앞에서 선서를 받고 오셔서 즐거운 표정으로 전날의 얘기를 들려 주셨다.

아침일찍 본점 은행장실에 들러 차한잔 하시며 담소하시던 중 사모님 왈, "은행장님, 고객들 이자좀 많이 주세요." 라고 그랬더니 김행장님 왈, "역시 인천 짠물."이라고 말씀하셔서 한바탕 웃으셨단다.

저도 함께 웃었습니다. 사모님 내외분이 인천분 이시거

든요.

항상 저희 직원들 이해해 주시고 배려해 주시던 후덕한 인품을 지니고 계신데 요즈음 가끔 동료직원을 통하여 안부를 듣곤 한답니다. 늘 건강하시고 행복하시기 바랍니다.

고맙습니다.

추억의 초등학교 동창생
청춘의 고교시절 동창생
온화하고 신사이신 석사장님
미인 사모님 내외분
출장소 건물주 사장님

추억의 초등학교 동창생

은행생활 하면서 각종 캠페인이 있을 때마다 주변의 친인척 및 친구들을 찾기 마련이다. 35년만의 초등학교 동창회에 참석하여 코흘리던 어린 시절 추억을 나누고 서로의 근황을 묻곤 하였다.

Baby boomer 세대들 모두 사느라고 바쁘게 달려왔지만 그중에도 열심히 살면서 재력과 여유를 가진 친구들은 한번쯤 찾아가 도움도 받곤 했다.

그러던 중 타행 주거래를 당행으로 옮기어 본인의 여유자금, 토지보상금, 자녀 유학자금등을 거래해주며 은행원인 저를 열심히 도와주었고 지점장으로 승진하니 지점으로 맛있는 떡과 축하화분을 보내주어 직원들과 나누며 즐

거워 했던 추억을 만들어 주어 정말 고마웠다고 전하고 싶다.

사업하며 어려운 이웃에게 좋은 일 많이 하고 종업원 관리하느라 본인이 희생을 감수하여 건강이 안좋은 상태였었는데 이제는 건강도 회복되고 자녀들 또한 훌륭하게 성장하고 있는 것으로 알고 있다.

친구의 가정에 건강과 행복이 가득하길 간절히 기도합니다.

고맙다. 친구야…….

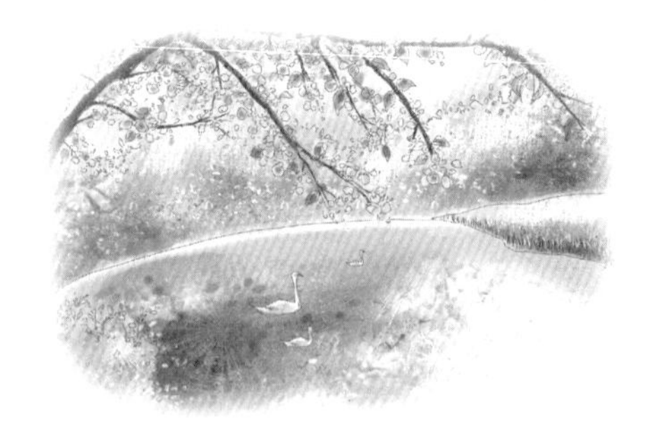

청춘의 고교시절 동창생

주어진 목표를 달성하기 위해 여기저기 섭외다니며 그동안 사느라 바빠서 찾아가지 못한 친구를 만난 적이 있다.

타은행을 거래하던 친구가 기꺼이 당행으로 외환거래등을 옮기며 나를 믿고 성원해 주던 친구, 사무실 근처 생태탕 식당에서 맛있게 먹으며 업무 상담하고 살아가는 이야기를 나누던 친구, 그래도 다른 동창들보다 가깝게 느껴지고 가끔 전화를 주고 받으며 정을 나누곤 한다.

자주 만나 살아가는 동안 인생 이야기도 나누고 싶고 친구 사업 날로 번창하고 가정의 건강과 행복을 기원한다.

고맙다. 친구야…….

평소 말없이 조용하고 과묵한 친구를 오랜만에 만났는데 존대말로 대해주니 조금은 어색했다.

삼성직원시절 몸에 밴 습관 때문인것 같았다.

학창시절에도 보증수표처럼 신뢰도가 있던 친구라 거래요청에 아무말 없다가 행동으로 보여줬다.

어느날 공장을 매입하겠다고 하면서 타행 주거래를 마다하고 기꺼이 당행을 선택하여 신규 거래해주던 친구.

지금은 당행의 우수 고객으로 성장해 가고 있는데 앞으로 회사의 무궁한 발전을 기원하고 가정의 건강과 행복을 바란다.

고맙다. 친구야…….

온화하고 신사이신 석사장님

• • •

언제나 부드러운 인상의 사장님은 지점에 들르실 때마다 온화한 모습으로 저희를 대해주시고 점주의 맛있고 좋은 음식점 소개, 각종 캠페인시 예수금 등을 거래해 주시고 살아온 인생 및 사업이야기, 인천지역의 유래를 소개해 주시곤 했다. 인천지역의 산증인이셨던 것 같다.

옛날 인천의 성냥공장 이야기, 신포동 국제다방 이야기 등등…….

제가 지점을 떠난 후에도 새로운 점포장과 식사할 때면 저를 초빙하여 점심식사 사주시며 격려해 주시던 일 늘 고맙게 생각합니다.

사모님이 먼저 천국에 가시고 지금은 알츠하이머 지병

으로 고생하고 계시는데 큰아들 집에서 건강회복하시고 앞으로 남은 여생도 행복하시길 기원합니다.

석사장님, 고맙습니다.

미인 사모님 내외분

• • •

IMF 사태가 오면서 모두들 많이 힘들어 할 때 홍콩에서 자금이 들어와 당점에서 환전 및 예금을 하시고 늘 우대환율을 요청하셨지요.

은행거래하시면서 지점에 오실 때면 직원들이 미인사모님 오셨다고 말했던 기억이 납니다.

언젠가 내외분과 함께했던 골프 라운딩 기억이 나고 바깥 사장님을 통하여 농사지은 쌀이라고 하면서 전해 주시던 기억에 지금도 감사합니다.

아들 일로 한때 마음 고생이 있는 것으로 알고 있는데 힘내시고 사모님 내외분 가정에 건강과 행운이 함께 하시기를 기원합니다.

감사합니다.

출장소 건물주 사모님

지점장으로 승진되어 가니 출장소 개점이 얼마남지 않았었다.

건물임대 중이었으며 개점예정일이 촉박하게 돌아갔다.

개점식이 가까워 오면서 공사현황을 확인하고 있을 때 건물주가 면담 요청이 있어 얘기하던 중 100만 원이라고 하면서 봉투를 하나주며 업무추진에 보태 쓰라고 하신다.

고마운 사모님이었지만 거절하면서 "그러면 사모님, 이 돈으로 사모님 건물 앞에 돌로 된 해태상을 세우면 어떨까요?"하고 여쭈었다.

가격은 얼마인지 모르지만 건물을 지켜주는 수호신 역할도 할 것이고 당점 정문도 폼이 나고 은행을 지켜주는 역할을 할 것으로 생각되어 즉석에서 제안하였다.

사모님은 즉석에서 좋다고 흔쾌히 승낙하면서 개점식 2시간 전에 주문한 해태상 한 쌍이 트럭에 실려와 은행 정문 양쪽에 놓여지는 부산함을 떨고 이부행장님, 박상무님, 권본부장님, 동료 점포장,점주 주민들이 참석하여 성황리에 무사히 개점식을 치르고…….

얼마전 이 출장소는 지점으로 승격되었으며 앞으로 무궁한 발전을 기대해 본다.

사모님 늘 건강하시고 행복하시기 바랍니다.

고맙습니다.

3

첫만남에서 선뜻 거래해주신 사장님

행장님의 겸손한 따님

Law firm 최변호사

어느 퇴직 외교관 내외분

이상한 물건 찾아주신분

첫만남에서 선뜻 거래해 주신 사장님

공모주청약예금 유치 캠페인이 한창이던 때에 점주 회사로 유치활동을 하던 중 첫만남에서 선뜻 거액을 거래해 주신 사장님 기억이 납니다.

점심식사후 방문한 회사에서 사장님을 뵙고 명함을 건네고 상품을 홍보하고 권유하자 즉석에서 여직원에게 지시하여 타행에서 2천만원을 인출하여 즉석에서 가입해 주신 사장님. 지금도 그 순간의 희열이 느껴지는데 감사의 마음을 전합니다.

제 은행생활 중 유일하게 첫 방문, 첫 거래라는 전무후무한 기록을 세운 거래로 남아 있으며 아마도 지금은 좋은 회사로 발전해 있으리라 확신합니다.

사장님, 사업 번창하시고 건강과 행복을 기원합니다.

고맙습니다.

행장님의 겸손한 따님

책임자의 창구활동 중 객장의 고객에게 관심을 갖고 문제점을 해결하곤 하는데 어느날 오후였던 것으로 기억난다.

책상에 앉아 업무를 하던 중 고개를 들어 객장을 바라보니 여성고객이 한 분 뒤에서 기다리고 있었다. 창구로 다가가 "무엇을 도와드릴까요." 했더니 창구 여직원에게 하겠다고 해서 어떤 일이냐고 재차 반문했다.

어제 왔었는데 안된다고 해서 집에 가서 아버지께 말씀드렸더니 다시한번 가보라고 해서 왔단다. 제가 들어보니 당점에서 처리 가능한 일이었다.

규정이 바뀐 지 얼마되지 않아 창구 직원이 미처 습득하지 못하고 있어 어제 안된다고 거절하였던 것이다.

제가 너무 미안하여 응접실로 안내하자 괜찮다고 하면서 사양하여 재차 요청하자 안으로 들어와 담소하게 되었다.

실례지만 아버님이 누구시냐고 묻자 선뜻 얘기를 안하려고 하더니 조그만 목소리로 그당시 행장님 존함을 대는 것이 아닌가!

'아차, 큰일 날뻔 했구나!'

순간적으로 당황스럽고 위기를 모면한 것 같은 느낌이

들었지만 태연하게 규정이 바뀐 정황을 설명하고 양해를 구했다. 그 후 세종로에 있는 정부종합청사 사무실로 방문하여 몇가지 업무추진 관련하여 도움을 받았다.

그당시 너무 겸손하던 은행장님 따님께 감사드리며 항상 건강하시고 행복하시길 기원합니다.

고맙습니다.

Law firm 최변호사

어느날 외국환을 담당하는 직원으로부터 두꺼운 인증서류를 전달받아 검토하던 중 큰 금액을 발견하고 담당변호사께 연락하여 유치하였던 기억이 난다.

내용은 외국선박 경락대금을 해외로 송금하는 것으로 관련 인증서류가 너무 많아 창구 직원이 책임자인 저에게 검토해 보라고 인계한 것으로 금액은 30억여 원이었으며 송금하려면 어딘가 이 자금이 있을 것으로 판단되어 바로 연락하여 당점에 예치하여 줄 것을 요청하여 성사되었다. 그때 지점장께서 좋아하시며 칭찬해 주시던 기억이 납니다.

그당시 거래해 주었던 최변호사님이 고마워 점심식사를

같이 하였으며 그후로도 많은 도움을 받아 고맙게 생각하고 지금은 광화문에서 Law firm 대표로 근무하고 계시는데 앞날의 무궁한 발전을 기원합니다.

최 변호사님, 고맙습니다.

어느 퇴직 외교관 내외분

CD(양도성 정기예금) 거래가 한창이던 때 창구에 부부로 보이는 고객이 내점하였다. 창구 여직원이 5천만원을 인출하려는 남자 고객을 소개하여 인사하고 자금 내역을 확인해 보니 외교관의 퇴직금이었다.

자금사용내역을 여쭈니 그냥 쓸 거라고 하면서 수표 몇 장을 요청하였다.

당분간 급히 쓸 자금이 아니시면 당행 CD로 3개월정도 예치후 생각해 보신후 사용하실 것을 권해 드렸지만 남자 고객은 인출을 요청했다.

그래서 뒤 소파에 앉아 계시는 사모님을 불러 CD 상품을 소개하고 이 큰 돈을 허물면 다시 뭉치시기에는 대단

히 어려울 것이니 3개월 정도 신중히 생각해 보는 것이 어떠냐고 설명하자 사모님 왈, 즉석에서 그러라고 하신다.

돈에 관한한 부인의 힘을 순간적으로 느꼈으며 옆에서 보고계시던 차장님의 입가에 미소가 번지는 순간이었다.

책임자회의에서 지점장으로부터 칭찬을 들음과 연수 시간에 직원앞 유치 사례를 연수하였다.

지금쯤 외교관 내외분 퇴직금 잘 굴리시고 행복한 삶 영위하고 계실 것을 믿어 의심치 않습니다.

감사합니다.

이상한 물건 찾아주신 분

• • •

5일제 근무시행전 어느 토요일 오후 업무를 마치고 귀가하였다.

월요일 출근한 후 옆 동료와 차를 마시던 중 동료 책임자 왈, "토요일 사건 모르지?" "모르는데!"

자초지종을 들으니 토요일 오후 창구 여직원이 하루 일을 마감하는 시재마감 중에 시재가 맞지 않아 원인을 찾던 중 당좌수표 3억원 상당이 분실된 것을 알고 백방으로 찾던 중 온갖 고민에 빠져있는데 오후 5시경 외부에서 전화가 걸려와 자기가 그날 은행에서 30만원을 창구에서 인출해 왔는데 집에 와서 확인해 보니 1만원이 비고 이상한 수표 1매가 있다고 하더란다.

곧바로 택시 잡아타고 가서 고맙다고 주머니에 있던 용

돈 다주고 당좌수표 1매를 찾아와서 상황이 종료되었다며 긴박했던 상황을 전해주었다.

은행원 생활 하다보면 가끔 시재가 일치하지 않아 많은 고생들을 한 경험이 있지만 그래도 그 고객님께서는 당일에 확인해 주셨으니 얼마나 고마웠는지 모른답니다. 며칠 후 발견되었으면 한바탕 웃음으로…….

복 많이 받으시고 행복하시기 바랍니다.

감사합니다.

4

존경하는 유교수님
미국에 거주하시는 최사장님
남편잃은 재일교포 사모님
아르헨티나 교포 고객
평범한 할아버지와 아들

존경하는 유교수님

사람마다 인생에서 존경하는 사람이 있지만 저의 대학시절부터 지금까지 저를 이끌어 주시고 특히 은행생활하는 동안에도 저를 아껴주시고 걱정해주시며 각종 캠페인때에 요청하면 저보다 더 열성으로 고객 및 자금을 소개시켜 주신 존경하는 은사 교수님이 한 분 계시다.

교수님이 가르쳤던 제자중에 은행거래에 도움이 되는 고객을 소개시켜 주심은 물론 언젠가 사모님과 함께 딸이 있는 네덜란드로 해외여행 가시면서 여유자금을 예치해 주셨지요. 그동안 고마운 교수님께 살아오면서 자주 연락드리지 못한데 대한 용서를 구하고 그동안 관심가져 주신데 대해 진심으로 감사드립니다.

금년 1월에 정년 퇴직하셨는데 교수님 내외분 늘 건강하시고 행복하시기 바랍니다.

고맙습니다.

미국에 거주하시는 최사장님

• • •

언젠가 미국에서 국제 전화가 걸려 왔다. 국내에 오셨을 때 건네준 명함을 보고 전화했단다. 존함을 들으니 기억이 났다. 최사장님.

한국에 한번 나올 것 같은데 전화했다면서 해외에 있는데 미국에서도 한국에 예금을 할 수 있는지 여부 및 지금 제가 있는 지점이 어디인지 알고 싶어 전화했단다.

그후 몇 달후 국내에 오셔서 반갑게 맞이했다.

담소도중 주머니에서 조그만 알약 한팩을 건네주며 VIAGRA 라고 말씀하시며 진짜란다.

지금쯤 주시면 도움이 될 터인데 그당시에는 나는 아직 사용할 때도 아니어서 소중히 보관하다가 어느 분께 선물

드렸다.

그후 다시 국내에 오셨을 때 배우자와 딸 명의로 정기예금을 하셨는데 미국가신 후 부인이 돌아가시고 한참후 국내에 오셔서 배우자 예금을 찾으려니 어려움이 있다고 해서 도와드렸는데 고마워 하시며 이다음 다시 오시기로 약속하셨다. 그러나 아직 소식이 없으시다.

부디 건강하시고 행복하시길 기원합니다.

고맙습니다.

남편 잃은 재일교포 사모님

뒤에 앉아 있으려니 창구 여직원과 고객의 시끄러운 소리가 난다.

앞으로 나가 확인해 보니 허름한 아주머니께서 예금 잔고도 없는데 대여금고를 사용하자고 하고 창구 여직원이 안된다고 하니 사용하게 해 달라고 사정을 한다.

자기는 일본을 왔다갔다 하는데 대여금고가 필요하니 사용하게 해 달라고 요청하여 내가 책임자로서 승인하여 주니 창구 여직원이 좀 난처해 한다.

그후 다른 지점으로 이동한 지 3~4년쯤 흐르고 후순위채 유치에 한창 열을 올리고 있을 때 창구에 그 아주머니가 불쑥 나타난 것이 아닌가?

우수한 고객은 아니지만 창구 트러블이 있던 고객이라 금방 알아볼 수 있었다.

오랜만이라고 인사하자 안으로 좀 들어 갈 수 없느냐고 그래서 내가 응접실로 안내하자 앉자마자 가방을 열면서 일본돈 3,000만엔(약 3억원 정도)을 내 놓으며 자초지종을 얘기한다.

일본에서 남편이 갑자기 사망하여 유산중 일부를 가지고 나왔다면서 자기가 이렇게 큰 고객이 될 줄 몰랐을 거라고 말하면서 옛날 이야기를 들려주었다.

대여금고를 사용하게 해주어 고마웠고 일부러 날 찾아

왔단다.

그때 필요한 후순위채로 유치했음은 물론이고 그후 5억원 정도의 추가자금이 들어와서 빌라를 매입하고 부동산 임대업을 하고 있는 것으로 알고 있으며 그무렵 후순위채 관련 전화를 주고 받고 하였던 것으로 기억된다.

고객은 늘 소중한 분이시고 열린 마음으로 대하여야 한다고 생각한다.

다시한번 위로의 말씀 드리며 사모님, 건강하시고 행복하시기 바랍니다.

감사합니다.

아르헨티나 교포 고객

• • •

IMF 시절, 창구 상담중 아르헨티나 교포 한 분이 내점하시어 A/C 개설하고 상담하였다.

아르헨티나에 이주하여 의류 제조업으로 성공하여 국내로 자금을 들여와 부동산을 매입하려고 계획중이었으며 외화자금 송금 및 환전 등을 도와드리고 인천에서 서울로 이동시 당행 차량을 제공하여 편의를 제공해 드렸더니 매우 고마워 하였으며 당행과의 거래도 지속적으로 이루어졌다.

상담중에 거대한 안데스 산맥을 1주일에 걸쳐 차량으로 여행했던 경험을 들려 주시며 언제 한번 여행 오라고 하셨지요. 지금도 아르헨티나에서 사업 번창하시고 행복하게 계실 것을 확신합니다.

은퇴후 언제 한 번 안데스 산맥을 넘고 싶습니다.

감사합니다.

평범한 할아버지와 아들

• • •

평생을 검소하게 사시고 늘 관심가져 주셨던 친척 할아버지.

그날도 후순위채 판매 마감시간을 앞두고 영업점에 할당된 목표 채우려고 여기저기 전화하게 되었지요.

다음날 멀리서 오셔서 선뜻 거래해 주시던 모습에 감사드리고 삼 년 전 작은 아들이 현대 어느 계열사의 중역으로 은퇴하자 아들 퇴직금 10억원을 당행 정기예금으로 예치해 주시던 고마움 잊지 못합니다.

지난해에는 ELS펀드 때문에 마음 고생이 있었지만 만기에는 결국 좋은 결실을 맺게되어 기뻐하셨지요.

좀더 곁에서 뵈어야 하는데 지난 삼월에 하늘나라로 가셨지요.

영전에 다시한번 감사드리며 영면하시기를 기도합니다.

5

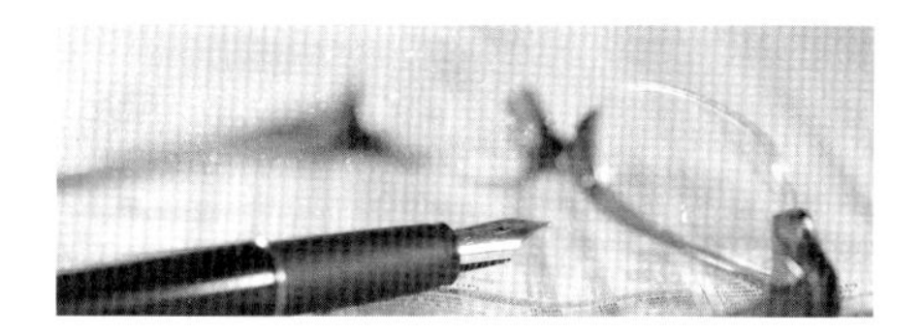

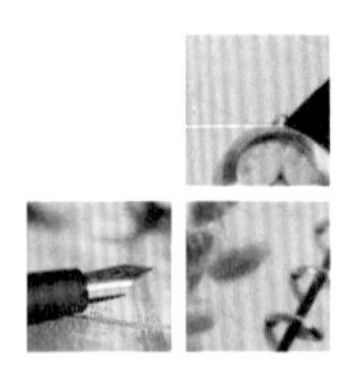

후배를 아끼는 함회장님

어느해 연말 모임에서 회장님을 뵈었지요.
많은 동문들을 위해 물심양면으로 수고를 많이 하셨지요.

점심약속을 하니 선뜻 응해주시며 회사 회의실에서 자세한 회사현황과 금융위기속에서도 흔들림 없이 경영하셨던 사업 얘기를 들려 주시며 자상하셨던 회장님께 감사의 말씀을 드립니다.

그후 인근 점포를 방문하시어 타행 만기예금 3억원을 직접 가지고 가시어 예치해 주셨다는 말씀 듣고 정말 많이 고마웠습니다.

거래지점 점포장으로부터 가끔 안부를 전해듣고 있습니다만 편안한 선배님 모습에 뿌듯하고 가까운 시일에 라운딩 한번 했으면 하는 바램입니다.

사업번창하시고 가정에 건강과 행복을 기원합니다.

고맙습니다.

선견지명이 있으셨던 해외주재원

고객관리를 위해 전화 방문을 해도 연락이 되지않던 고객이 어느날 창구에 나타나 반갑게 담소하게 되었다.

자기는 중동지역 해외에 근무하고 있어 연락이 안된다고 하며 여기 예치되어 있는 돈은 자기의 비자금으로 노후에 골프칠 돈이라며 가족에게도 연락하지 말라고 신신당부를 한다. 지금쯤 그돈은 많이 커져 있을 것으로 추정되며 어디에 근무하시는지 알 수 없지만 선견지명이 있으셨던 해외주재원 고객으로 기억되며 골프 잘 치고 계시리라 생각된다.

고객님 살아가시며 굿-샷 많이 날리시고 가정에 건강과 행복을 기원합니다.

감사합니다.

흰고무신 신은 회장님

• • •

섭외차 영등포에 있는 회사에 찾아가 뵈올 때 연세가 꽤 높으셨고 지금은 하늘나라에 계시지만 그때의 회장님 모습 눈앞에 선합니다.

20여년 전 수원 신갈에 있는 농장 토지보상금 13억여 원을 저희 은행으로 예치해 주셨던 회장님.

저의 지점을 방문하시어 지점장실에 모시고 들어 갔다.

아마도 편하시니까 하얀고무신을 신으시고 허리춤에서 비닐로 싸고 고무줄로 꽁꽁묶은 인감을 꺼내시던 모습과 내가 사전에 신규유치 통장을 개설하며 1만원을 입금해 전해 드렸는데 통장을 확인해 보고 1만원을 주시는 것이 아닌가!

그후 경기도 광주에 있는 회장님 농장에 방문하여 정성 들여 가꾸어 놓은 각종 아름다운 수목들을 감상했던 기억이 납니다.

또한, 어렵게 돈모으시고 자수성가한 얘기를 들려주시던 회장님의 검소하고 겸손해 하시던 모습 지금도 떠오릅니다.

하늘나라에서 영면하소서…….

교구청 성당 수녀님

······

School Banking 유치를 위해 성당 교구청 유치원을 섭외차 몇 차례 방문하고 수녀님으로부터 많은 도움을 받았지요.

매번 반갑게 맞아 주시면서 몇가지 복잡한 절차가 있었지만 통장 만들고 기꺼이 응해 주시던 인자하신 모습에 감사드립니다.

수녀님! 그때의 해맑은 어린이들이 지금은 많이 성장해 있겠지요?

제가 다른 지점에 근무할 때 안부전화 주셔서 얼마나 반갑던지…….

항상 기도하시는 수녀님을 그리워 합니다.

어느 성당에 계시든지 늘 건강하시고 행복하시기 바랍니다.

고맙습니다.

고객의 아들이 되어

계동지점 대리 주계성

내가 알고 있는 고객중에 구두쇠 같은 할머니가 한 분 계시다.

그분은 당점에 들를 때면 항상 나를 찾곤하여 그동안의 생활 얘기를 주고 받는다.

그러던 어느날 할머니가 소지하고 있는 타행 통장을 보게된 순간 설득하여 유치하게된 사례가 있어 소개코자 하며 유치과정중 타행 책임자의 철저한 책임의식을 他山之石으로 삼고자 한다.

지금 기억으로는 S은행 인사동지점 가계금전신탁에 5년간 푼푼이 모은 돈이 축적되어 1억원에 가까운 돈이 예금되어 있었다.

얼핏 보면 은행 상품중에 가계금전신탁이 가장 높은 이

율을 드리는 것 같지만 일정 금액이상은 적절한 상품 믹스를 통해 고객으로 하여금 좀더 많은 이자를 드릴 수 있게 되는데 평소 알고 있던 지식을 총 동원하여 할머니를 설득시켰다.

할머니의 최종 거래일은 1년이 넘어있어 중도해지에 따른 손해는 없는 것으로 보여 해지를 부탁하고 년 13%의 CD 1억원과 할인된 금액을 가계금전신탁으로 재예치할 경우 년간 50여만 원의 이자가 더 생기게됨을 설명하자 S은행에서는 5년간 거래해 왔어도 그런 얘기 한번 없었다면서 자기가 가면 그쪽에서 해지를 안해 줄테니 주대리가 같이 가서 인출해 오자고 한다. 조금 생각하다가 할머니와 함께 S은행을 찾아갔다.

S은행 창구에 다가서는데 웬지 모르게 서먹서먹한 느낌이 들었다.

5년이상 거래해온 할머니를 S은행에서 모를 리가 없었다.

할머니는 인감만 찍어주고 소파에 가서 앉았다. 창구 직원이 할머니 아들이냐고 묻길래 고개를 끄덕였다. 천연덕스럽게 수표 1장으로 해 달라고 했다. 창구 직원이 책임자께 상의한 후 할머니를 부른다.

창구에 온 할머니는 조금은 자연스럽지 못한 듯이 우리 아들이 쓰려고 하니 인출해 달라고 했다. 지점으로 돌아오면서 상쾌한 기분은 아니었다.

그날 당점 CD 1억원을 매출하고 할인액은 가계금전 신탁으로 유치하여 당점 거래예금은 3억원에 이르게 된다.

이튿날이었다. 평소 늘 밝은 표정으로 찾아오던 할머니가 언짢은 모습으로 나를 찾아왔다. 어제 그 S은행 통장을 꺼내 놓으며 주대리 뭐 잘못된 게 아니냐면서 나를 불신하는 모습이 역력했다.

그래서 차분하게 할머니께 잘못된 게 아무것도 없다고 했다.

그랬더니 자초지종을 얘기한다. 어제 저녁 S은행 정대리로부터 전화가 왔는데 내가 은행원이었던 것도 알고 있으며 이자도 1백만원이나 잘못 지급되었다고 얘기하더란다.

나는 혹시나 해서 통장을 검토하고 잘못 지급된 것이 없다고 할머니께 말씀드리고 제가 잘못이 있다면 당점에 예금된 할머니 예금 모두 인출해 드릴테니 그리로 가시라고 자신있게 말했다.

S은행으로 간 할머니가 2시간이 넘도록 오지 않았다.

뭔가 잘못 되지 않았나 하는 답답한 심정에 서무계 장대리에게 말해 놓았다. 한참후 장대리가 와서 그 할머니 오셨는데 일이 잘못된 모양이라고 전갈해 주었다.

왜 이렇게 늦으셨냐고 물었더니 "주대리 미안했네." 하면서 얘기를 했다.

S은행 정대리는 부임한 지 1개월이 채 되지 않아 조그만 가계성 점포에서 1억원의 큰 금액이 빠지게 되니 담당대리로서 마음이 무척 아팠단다.

그래서 할머니 댁에 전화를 걸어 자기의 심정을 이야기

한다는 것이 그만 그렇게 되었다면서 할머니께 잘못했다고 사정을 하더란다.

할머니 왈, 잘못 계산된 이자 다 내놓으라고 으름장을 하니 지점장실로 모시고 들어가서 눈물을 흘리며 이자 더 드릴려면 자기 주머니에서 나와야 한다고 사정을 하면서 잘못을 빌더란다.

덕분에 맛있는 점심을 잘 드시고 오셨다고 한다.

지금의 내 추측으로는 S은행 정대리는 부임한 지 얼마 되지 않아 할머니의 성격파악을 미쳐 하지 못한 상태에서 빚어진 일로 기억하고 싶다.

나는 이번 일로 S은행 정대리로부터 얻은 느낌을 첨언코자 한다.

첫째, 자기가 맡은 업무에 대한 철저한 책임의식이다.

둘째, 유치 가능한 돈을 보았을 때 끈질기게 노력하는 PRO근성이다.

셋째, 해지하는 고객이라도 언젠가는 다시 올 수 있도록 고객에 대해 최대한의 관심을 기울이는 것이다.

첨언: 이 글은 1991년 6월 20일 환은소식 제 173호에 게재된 글로서 할머니는 외환은행 저축상을 수상하였음.

주계성 에세이

난 그냥~ 고맙고 그리울 뿐이고
Forever

2011년 4월 05일 초판인쇄
2011년 4월 08일 초판발행

지은이 : 주 계 성
펴낸이 : 이 혜 숙
펴낸곳 : 도서출판 신세림
100-015 서울특별시 중구 충무로5가 19-9 부성B/D 702호
등록일 : 1991. 12. 24
등록번호 : 제2-1298호
전화 : 02-2264-1972
팩스 : 02-2264-1973
E-mail : shinselim72@hanmail.net

정가 10,000원

ISBN 89-5800-109-7, 03810